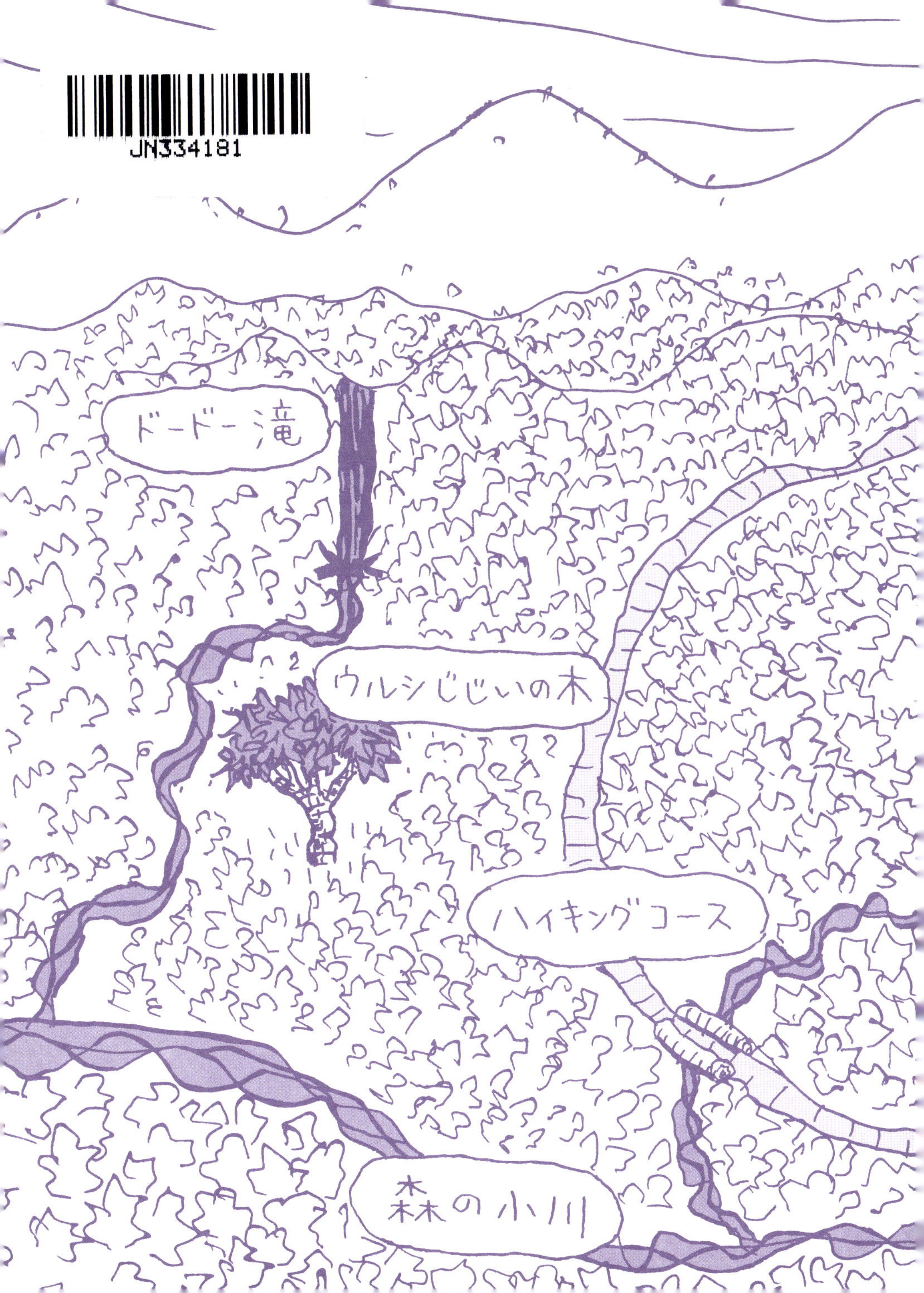
ドードー滝
ウルシじじいの木
ハイキングコース
森の小川

クルミ森のおはなし③

森《もり》の葉《は》っぱのジグソーパズル

末吉暁子 作　多田治良 絵

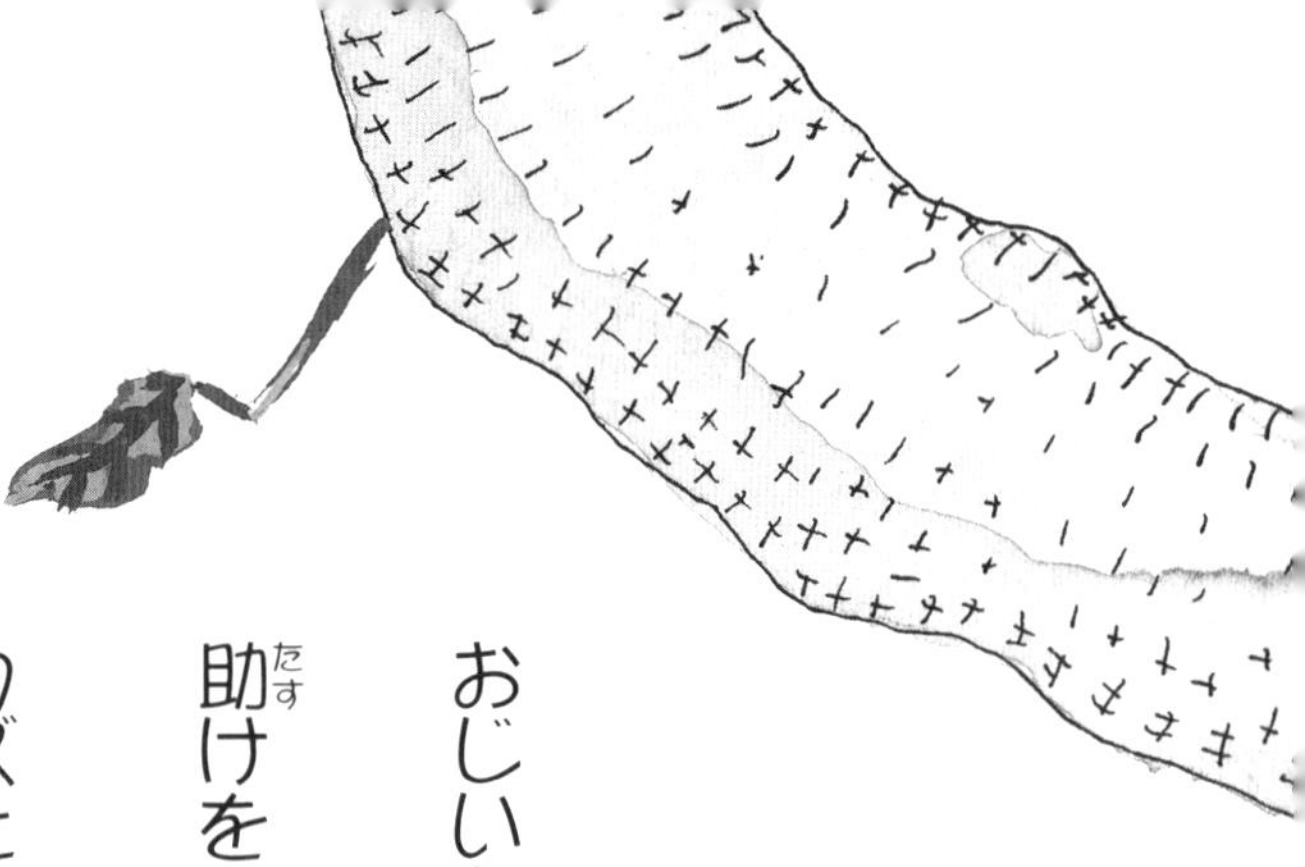

おじいちゃんとさんぽ……4
助《たす》けをよぶ声《こえ》……15
カズといっしょに……25
大《おお》かびはらい……33
コータが家《いえ》に帰《かえ》るには？……42

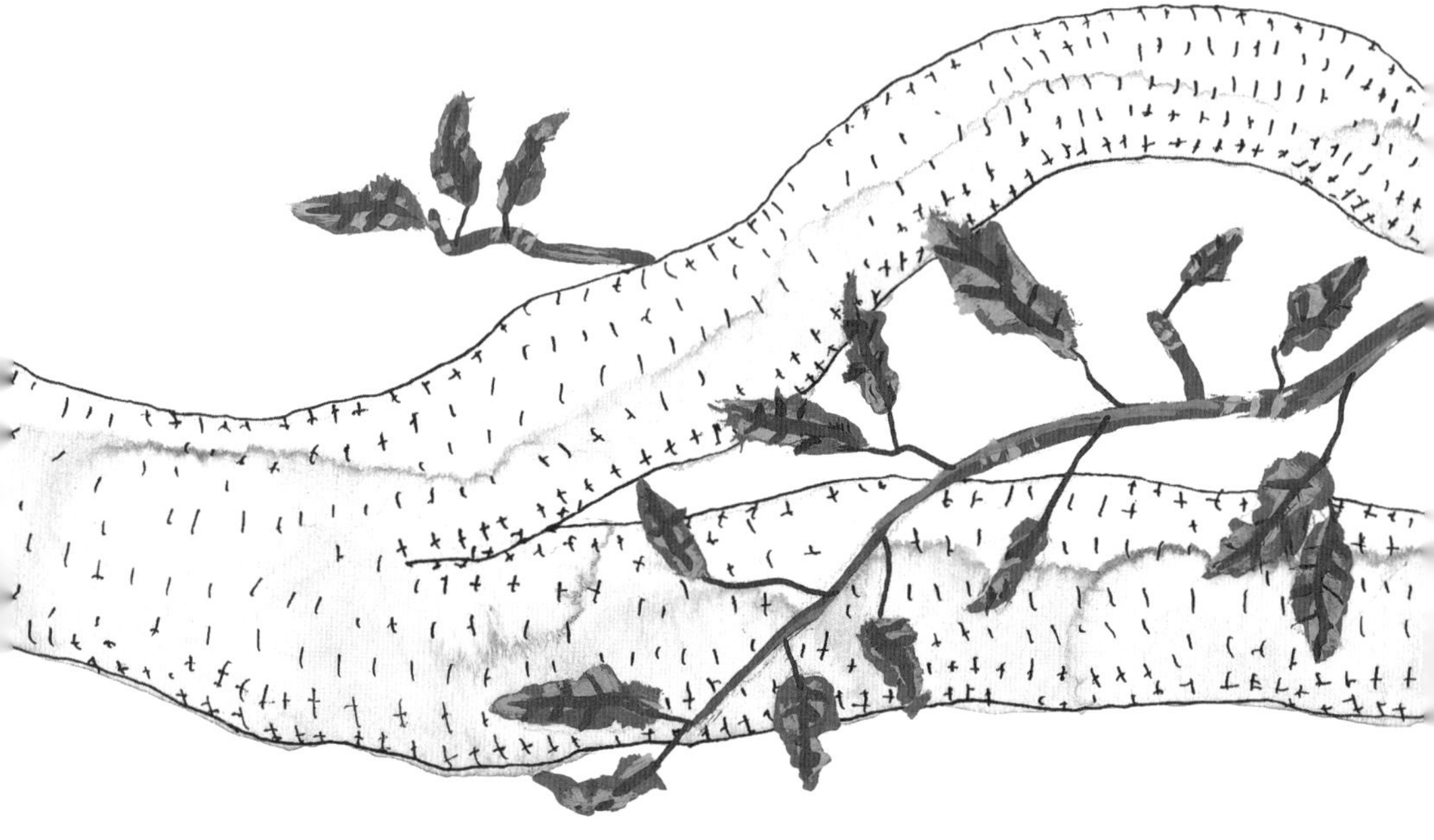

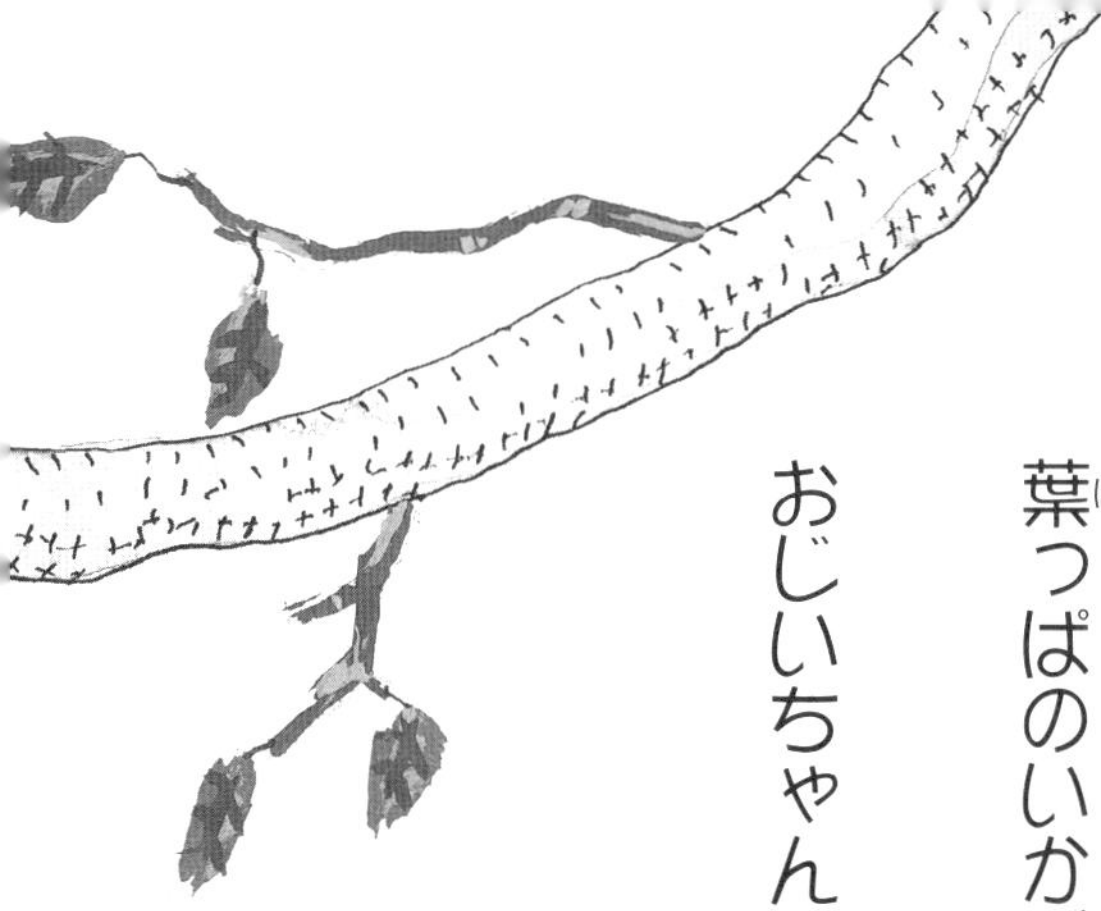

落《お》ち葉《ば》ひろい……50
ウルシじじいの木《き》……59
葉《は》っぱのジグソーパズル……69
葉《は》っぱのいかだ……81
おじいちゃんの話《はなし》……89

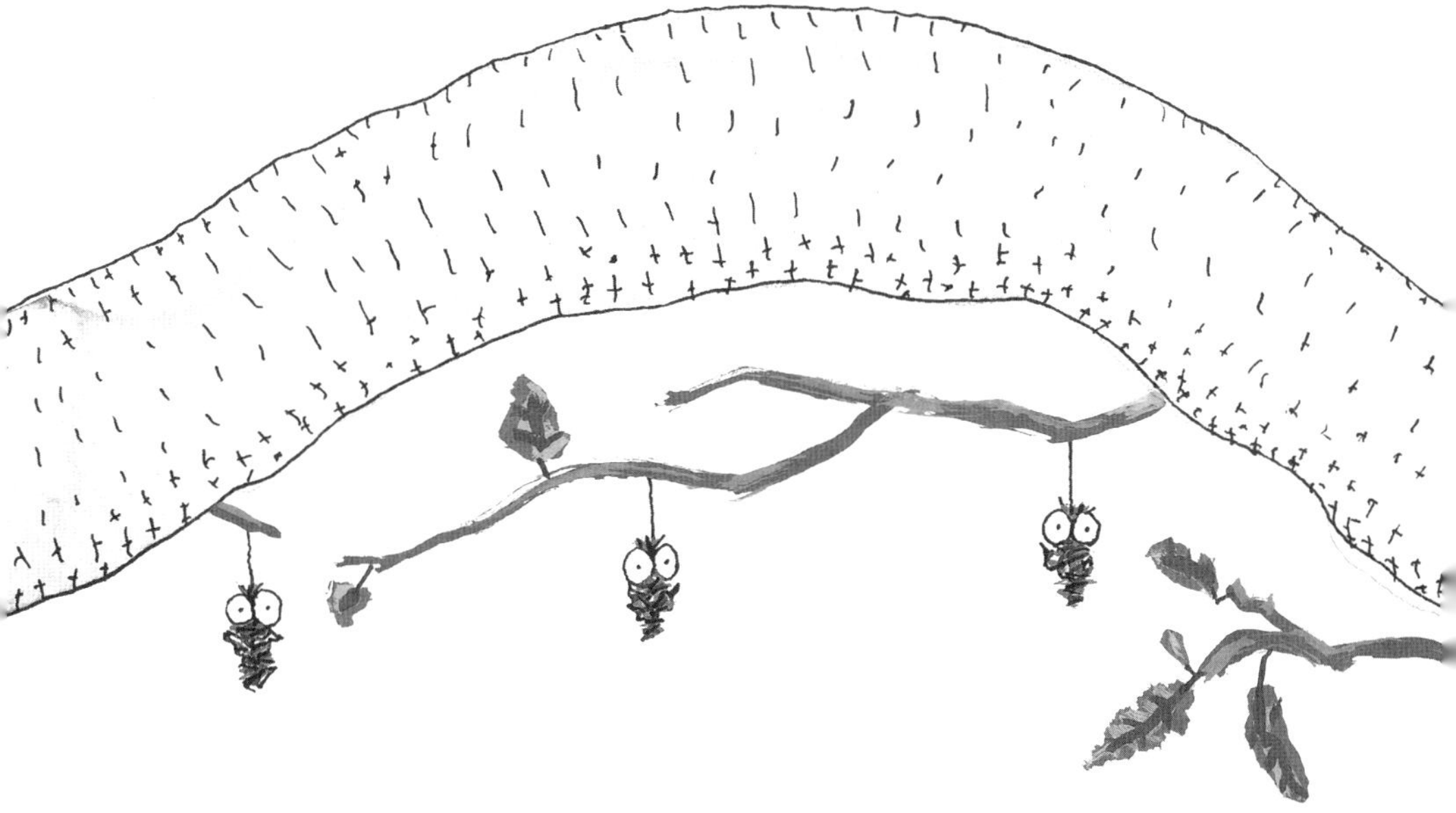

おじいちゃんとさんぽ

冬休《ふゆやす》みの近《ちか》づいた、日曜日《にちようび》のことです。

その日《ひ》は朝《あさ》から、とてもあたたかくていいお天気《てんき》だったので、コータは、おじいちゃんといっしょに、近所《きんじょ》の川《かわ》のほとりを散歩《さんぽ》することにしました。

「いってきまーす！」

ふたりが玄関《げんかん》をでようとすると、お母《かあ》さんが心配《しんぱい》そうにいいました。

「車《くるま》に気《き》をつけてね。おじいちゃんも無理《むり》しないでくださいね。コータ、ちゃんとおじいちゃんのこと、気《き》をつけてあげるのよ」
お母《かあ》さんがこんなに心配《しんぱい》するのには、わけがあります。

おじいちゃんは、夏《なつ》の終《お》わりごろ、足《あし》を骨折《こっせつ》して、二《に》カ月《かげつ》近《ちか》くも入院《にゅういん》していたのですから。

「わかってるよ」

コータは、胸《むね》をはっていいました。

おじいちゃんもにが笑《わら》いしながら、

「なーに、すぐそこの川《かわ》のほとりまで行《い》ってくるだけだよ」

といいました。

コータの家《いえ》から、歩《ある》いて五分《ごふん》ぐらいのところに、大《おお》きな川《かわ》が流《なが》れています。

おじいちゃんはつえをつき、少《すこ》し背中《せなか》を丸《まる》めながら、ゆっくりゆっくり歩《ある》きだしました。

コータも、おじいちゃんに合《あ》わせて、立《た》ち止《ど》まったり、スキップしながら寄《よ》り道《みち》したり……。

川《かわ》の土手《どて》に着《つ》くと、おじいちゃんは、ときどき立《た》ち止《ど》まって、土手《どて》にならんだサクラの木《き》をうれしそうに見《み》あげました。

「やっぱり、自分《じぶん》の足《あし》で外《そと》を歩《ある》くのは、いいなあ。ほう、おじいちゃんが入院《にゅういん》している間《あいだ》に、すっかり季節《きせつ》が変《か》わったなあ」

ゆっくりゆっくりと歩《ある》いて行《い》くと、見《み》おぼえのあるクルミの木《き》がありました。

「あ、この木《き》だよ！　ほら、おじいちゃんに話《はな》したでしょ。おじいちゃんが入院《にゅういん》してるとき、ぼくとクルミっこは、この木《き》の上《うえ》からクルミ森《もり》へ飛《と》んで行《い》ったんだよ」

「ほう、この木《き》か」

おじいちゃんは、木《き》の幹《みき》をなでながら、まぶしそうに見《み》あげました。

クルミの木《き》の葉《は》っぱも、すっかり黄色《きいろ》くなって、ほとんど散《ち》ってしまっていました。

木《き》の下《した》にベンチがおいてあったので、コータはいいました。

「おじいちゃん！　ベンチでひと休《やす》みしようか」

おじいちゃんは、ほっとしたように、

「そうだな。やっこらさ！」と腰《こし》かけました。

やっぱり、ひさしぶりの散歩《さんぽ》で、つかれたのでしょう。

コータも、ならんでこしかけました。

「クルミ森《もり》の秋《あき》まつり、楽《たの》しかったなあ。でも、クルミのおふだをなくし

たときは、泣《な》きたくなっちゃったけど……」

コータは、あの、森《もり》じゅうが金色《きんいろ》にもえているようなクルミ森《もり》で、笑《わら》ったり、べそをかいたりしたことを、なつかしく思《おも》い出《だ》しながらいいました。

「そうか。たしか、カズっていう子《こ》が助《たす》けてくれたっていってたね」

おじいちゃんは、コータが話《はな》したことを、ちゃんとおぼえていてくれました。

「そうなの。ああ、またクルミ森《もり》へ行《い》って、あの子《こ》に会《あ》いたいなあ。おじいちゃん、早《はや》くもとのように歩《ある》けるようになってね。そして、また、クルミ森《もり》につれてってて！」

「クルミ森《もり》か。そうか。コータも、クルミ森《もり》のおもしろさがわかったんだな」

「うん！　ぼく、こんどは、やっぱり、おじいちゃんといっしょに行《い》きたいよ」

「おじいちゃんだって行《い》きたいさ。なーに、すぐにスタスタ歩《ある》けるようになるから、待《ま》ってろよ、コータ」

「すぐって、いつ？　来週《らいしゅう》？」

「わはは！　それは、チトむりだなあ。それに、これから、だんだん寒《さむ》くなるからな。まあ、来年《らいねん》の春《はる》になってあったかくなるころかなあ」

「なーんだ。すっごい先《さき》のことじゃん」

コータは、口《くち》をとがらせました。

来年《らいねん》の春《はる》までなんて、とても待《ま》てそうにありません。

(つまんないの……)

もう一度《いちど》、クルミっこがむかえにきてくれるのを待《ま》つしかないのでしょうか。

(でも、おじいちゃんはいっしょに行《い》けないよな……)

そこまで考《かんが》えたコータは、はっとしました。

「そうだ、クルミおばばのおふだ！」

クルミ森《もり》で会《あ》ったカズという男《おとこ》の子《こ》も、クルミおばばのおふだを持《も》っていました。カズは、クルミ森《もり》でおふだをなくしてこまっているコータを助《たす》けてくれたのです。

そして、コータは、カズという男《おとこ》の子《こ》は、子《こ》どものときのおじいちゃんなのではないかと思《おも》っているのです。

もしも、カズがおじいちゃんなら、今《いま》でも、おじいちゃんは、クルミのおふだを持《も》っているかもしれません。

「おじいちゃん！　おじいちゃんも子《こ》どものときに、こういうのを持《も》ってたんじゃないの？」

コータは、ズボンのポケットから、クルミのおふだを取《と》りだして、おじいちゃんに見《み》せました。

このごろ、コータは、いつも、ズボンのポケットにクルミのおふだを入《い》れて持《も》ち歩《ある》いています。ポケットにはチャックがついていますから、どこかで落《お》とす心配《しんぱい》もありません。

そう、いつまた、クルミっこがむかえにきてくれるかもしれませんからね。

おじいちゃんは、コータの手《て》のひらの上《うえ》のクルミのおふだを、じっと見《み》つめています。

コータは、どきどきしながら、おじいちゃんの返事《へんじ》を待《ま》ちました。

でも、おじいちゃんは首《くび》をかしげて、こういったのです。

「おぼえてないなあ。もしも、もらったとしても、あれから、あちこち引《ひ》っ越《こ》ししたしなあ」

「がっかり……。今《いま》でもおじいちゃんがクルミのおふだを持《も》っていたら、いっしょにクルミおばばの森《もり》へ行《い》けるのにな……」

　コータは、クルミのからをズボンのポケットにしまうと、こんどは、ダウンジャケットのポケットから、生《なま》キャラメルの箱《はこ》を取《と》りだしました。

　これは、夕《ゆう》べおそく、出張先《しゅっちょうさき》の北《ほっ》海道《かいどう》から帰《かえ》ってきたお父《とう》さんが、おみやげに買《か》ってきてくれたものです。

「生《なま》キャラメルって、今《いま》、すごい人気商品《にんきしょうひん》なんだぞ。お父《とう》さんも、帰《かえ》りの空港《くうこう》のお店《みせ》で行列《ぎょうれつ》にならんで、やっと買《か》えたんだ」

お父《とう》さんは、ちょっとほこらしげに、そういっていました。

コータは、まだ生《なま》キャラメルを食《た》べたことはありませんが、そんなに人《にん》気《き》があるのなら、きっとおいしいのにちがいありません。

散歩《さんぽ》のとちゅうで、おじいちゃんといっしょに食《た》べようと、ポケットに入《い》れて持《も》ってきたのです。

「おじいちゃん、生《なま》キャラメル、食《た》べよう！　お父《とう》さんのおみやげだよ」

がっかりした気分《きぶん》をふりはらおうと、元気《げんき》よくコータがいったときです。

「……だれか……だれか……」

どこからか、かすかな声《こえ》がきこえてきました。

助《たす》けをよぶ声《こえ》

「あれ？　何《なに》かきこえる！」

コータは、きょろきょろしましたが、そばにはだれもいません。

土手《どて》の下《した》の広《ひろ》いかわらで、サッカーの練習《れんしゅう》をしているお兄《にい》さんたちのすがたが小《ちい》さく見《み》えるだけです。

「……だれか……助《たす》けて……」

声《こえ》はまたきこえました。

男《おとこ》の子《こ》の声《こえ》です。

しかも、すぐそばのクルミの木《き》の上《うえ》のほうからきこえるではありませんか。

「だれ？」

コータは、クルミの木《き》を見《み》あげましたが、クルミの木《き》の枝《えだ》には、だあれもいません。

「ねえ、おじいちゃん。木《き》の上《うえ》から、だれかの声《こえ》がきこえたよね」

「そうかい？」

おじいちゃんもクルミの木《き》を見《み》あげましたが、声《こえ》はきこえなかったようです。

コータは、もう一度《いちど》耳《みみ》をすませました。

すると、やっぱりその声《こえ》はきこえました。

「……だれか……助《たす》けて！」

しかも、きいたことのある声《こえ》です。

「あっ、もしかして、カズ？」

コータは、クルミの木《き》を見《み》あげて、声《こえ》をかけました。

「……そうだよ。きみは……だれ？」

「ぼく、コータだよ！　ほら、クルミまつりで会《あ》った！」

しばらく、間《ま》をおいてから、また声《こえ》はきこえました。

「ああ、あのときの……」

「うん！　いったいどうしたの、カズ？」

「ぼく……こまってるんだ……助《たす》けて！」

とぎれとぎれのかすかな声《こえ》でしたが、カズはなにやら、とてもこまっているようです。

コータは、立《た》ちあがりました。

「どうしたんだ、コータ」

おじいちゃんが心配《しんぱい》そうにコータを見《み》つめています。

「おじいちゃん！　カズがぼくをよんでるの」

「カズ？」

「うん。クルミ森《もり》で会《あ》った男《おとこ》の子《こ》だよ。なんかよくわからないけど、とってもこまってるみたい。ぼく、どうしたらいい……？」

おじいちゃんは、もう一度《いちど》クルミの木《き》を見《み》あげました。

でも、もちろん、なんにも見《み》えないはずです。

おじいちゃんは、ほんのちょっとだけ考《かんが》えていましたが、じっとコータの目《め》を見《み》ていいました。

「行《い》ってあげるんだな、コータ。コータも、その子《こ》に助《たす》けてもらったんだろ？」

「うん！」

コータは、にっこりしていいました。

おじいちゃんなら、きっとそういってくれると思《おも》っていました。

こうなったら、生《なま》キャラメルはしばらくおあずけです。

コータは、生《なま》キャラメルを、またポケットにしまうと、クルミの木《き》を見《み》あげました。

どうすれば助《たす》けてあげられるのか、まったくわかりません。

でも、とにかく、カズの声《こえ》がきこえたほうへ行《い》ってみることにしました。

コータはベンチの上《うえ》に乗《の》り、木《き》の枝《えだ》に手《て》をかけましたが、なかなかのぼ

ることができません。

　すると、おじいちゃんも立《た》ちあがって、

「おじいちゃんが子《こ》どものころは、このくらいの木《き》なんて、あっというまによじのぼったもんだぞ。それ、がんばれ、コータ！　うーんとこしょ！」

といいながら、コータのおしりをおしあげてくれました。

　でも、すぐに、「あいたたた！」

と、ベンチにすわりこんでしまいました。

「だいじょうぶ、おじいちゃん？」

「なーに。だいじょうぶさ。なんなら、おじいちゃんもそこまでのぼっていこうか」

おじいちゃんは、強《つよ》がりをいっています。

「やめてよ、おじいちゃん。また、足《あし》を折《お》ったらどうするのさ」

ほんとうに、こんなところをお母《かあ》さんに見《み》られたら、なんといって怒《おこ》られるでしょう。

やっとこさ、いちばん低《ひく》い木《き》の枝《えだ》の上《うえ》に立《た》ちあがったときです。

コータは、ズボンのポケットのあたりで、ふいに何《なに》かが、ブルブルふるえだしたのを感《かん》じました。

「ん？」

あわててポケットをおさえてみると、どうやらそれは、クルミのおふだです。

コータは、片手《かたて》でしっかり木《き》の枝《えだ》をつかんだまま、もう片方《かたほう》の手《て》で、ポケットから、クルミのおふだを取《と》りだしました。

にぎりしめたコータの手《て》のなかで、クルミのおふだは、まるで、生《い》きているように、ますます強《つよ》く細《こま》かくふるえだしました。

「ああっ、クルミのおふだが！」

コータが声《こえ》をあげたのと同時《どうじ》に、カズのさけぶ声《こえ》もきこえました。

「おふだが！　おふだが！」

そのときです。コータの持《も》っているクルミのおふだが、ぐいっと上《うえ》のほうに引《ひ》っぱられ、何《なに》かが、ぴたっとすいついたように感《かん》じられました。

すると、あたりの風景《ふうけい》がゆらりとゆらぎ、クルミの木《き》の下《した》でおどろいたように口《くち》をあけているおじいちゃんのすがたも、かげろうのようにゆれました。

コータは、目《め》がまわったような気《き》がして、あわてて、木《き》の幹《みき》にしがみつくと、ぎゅっと目《め》をつぶりました。

「あれ?」

目《め》をあけてみると、コータがしがみついていたのは、さっきのクルミの木《き》ではありません。葉《は》っぱがすっかり舞《ま》い落《お》ちた、ふとい大《おお》きなはだかの木《き》です。

見《み》おろすと、はるか下《した》の根元《ねもと》から、幹《みき》が三本《さんぼん》にわかれて立《た》ちあがっています。

おじいちゃんのすがたは、もうどこにも見《み》えません。

「これは、クルミおばばの木《き》だ！」

そのとき、すぐ上《うえ》で声《こえ》がしました。

「コータ！」

見《み》あげると、コータのすぐ上《うえ》の木《き》の枝《えだ》に、カズが腰《こし》かけていました。

色《いろ》あせた布地《ぬのじ》の上着《うわぎ》をはおり、素足《すあし》に上《うわ》ばきみたいな運動《うんどう》ぐつをはいたカズは、おどろいたような顔《かお》で、コータと、クルミのおふだを持《も》った右手《みぎて》とを、見《み》くらべています。

「ああっ、カズ！　ぼく、また、クルミ森《もり》にこられたんだ！」

コータがさけぶと、カズは、まぶしそうにコータを見《み》ながらいいました。

「そうか……クルミのおふだが、コータを引《ひ》きよせてくれたんだ……」

カズといっしょに

「いったい、どうしたの、カズ？

こまってるって、どうして……？」

コータがたずねると、カズは、あたりをうかがうように、声《こえ》をひそめていいました。

「ぼく、追《お》われてるんだ。だから、この木《き》の上《うえ》にかくれたんだ」

「え、だれに追《お》われてるの？」

コータも、あたりを見《み》まわしてみましたが、それらしい人《ひと》のすがたは見《み》えません。

「村《むら》の子《こ》どもたちだよ。もう、行《い》っちゃったけど……。でも、どうせ村《むら》に帰《かえ》ったら、見《み》つかっちゃうよ。ぼく、こわい……。もうこんなとこにいたくない。でも、家《いえ》には帰《かえ》れない。だから、どこか知《し》らないところへ、にげて行《い》きたかったんだ……」

カズは、思《おも》いつめたような顔《かお》で、いいました。

コータには、さっぱりわけがわかりません。

「でも……カズの家《いえ》は、この近《ちか》くなんじゃないの？」

「ううん、ほんとはちがうんだ。ここはソカイ先《さき》なんだよ」

「ソカイ先《さき》？」

コータのはじめてきく言葉《ことば》です。

「とにかく、おなかがすいてしょうがないから、ぼく、村《むら》の家《いえ》ののき下《した》から、ほしがきを一個《いっこ》ぬすんで食《た》べたんだ。それが村《むら》の子《こ》どもたちに見《み》つかって、追《お》いかけられたんだ。つかまったら、ただじゃすまないよ」

「ええっ、ほしがき一個《いっこ》で？　返《かえ》してあやまればいいじゃん」

「そうはいかないよ。食《た》べるものがないんだよ。みんな、おなかをすかせてるんだ。ほしがきなんか、宝物《たからもの》みたいなもんだよ。ぼくは、それをぬすんで食《た》べちゃったんだ……」

カズは、そういって、おびえたように頭《あたま》をかかえました。

コータには、まだよくわかりません。

(なんで？　食《た》べるものがないなら、お店《みせ》で買《か》えばいいじゃん。すごくびんぼうなのかな)

そう思《おも》ったのですが、もちろん、口《くち》にだしてはいえませんでした。

「そうだ！　そんなにおなかがすいてるんだったら……」

コータは、ポケットに生《なま》キャラメルが入《はい》っているのを思《おも》い出《だ》しました。

「これ、いっしょに食《た》べようよ」

そういって、コータが、生《なま》キャラメルの入《はい》った箱《はこ》を取《と》りだすと、カズは、目《め》を丸《まる》くして見《み》つめました。

おしゃれな小箱《こばこ》をあけてみると、六《ろく》つぶの生《なま》キャラメルが、うす紙《がみ》につつまれて入《はい》っていました。

「なんだ、それ？」

「生《なま》キャラメルだよ。ほら！」

コータは、一個《いっこ》、生《なま》キャラメルを取《と》りだして、カズにすすめました。

カズは、おそるおそる生《なま》キャラメルを手《て》にとると、うす紙《がみ》をむいて、た

めらいながら口《くち》に入《い》れました。
「おいしい?」
コータがたずねると、カズは、いきなり、
「ううう っ!」と、きみょうな声《こえ》をあげました。
まるで息《いき》が止《と》まってしまったように、大《おお》きく目《め》を見《み》ひらいています。
しかも、その目《め》には、見《み》る見《み》る涙《なみだ》がたまってきたではありませんか。
(よっぽど、まずかったのかなあ)

心配《しんぱい》になったコータは、自分《じぶん》もひとつぶ、口《くち》に入《い》れてみました。

やっとカズが口《くち》をひらきました。

「お、おいしい！　あまい！　口《くち》のなかでとろける！」

「ほんとだ！」

はじめて食《た》べたコータも感激《かんげき》です。

「こんな、あまくておいしいもの、生《う》まれてはじめて食《た》べた……。コータはいつもこんなの、食《た》べてるの？」

カズがこわい顔《かお》で、じっとコータを見《み》つめています。

「いつもじゃないよ。ぼくだって、はじめて食《た》べたんだよ。お父《とう》さんが、行列《ぎょうれつ》にならんで、やっと買《か》ってきてくれたんだ」

すると、カズは、にっこりしました。

「やっぱり！　今《いま》は、何《なに》を買《か》うにも行列《ぎょうれつ》にならばないと、手《て》に入《はい》らないらしいね。でも、こんなおいしいものが世《よ》のなかにあったなんて……知《し》らなかった……。コータのお父《とう》さんって、すごいな。こんなの、買《か》ってくれるなんて」

「うん。ぼくのお父《とう》さん、いつもいそがしくて、あんまり家《いえ》にいないけど、いいとこあるんだよ」

それをきいたカズは、うらやましそうにいいました。

「いいなあ、コータの家《いえ》は！　家族《かぞく》がいっしょにいられるだけでも、うらやましいよ。ぼくも早《はや》く帰《かえ》りたい……」

カズは、ため息《いき》をつきました。

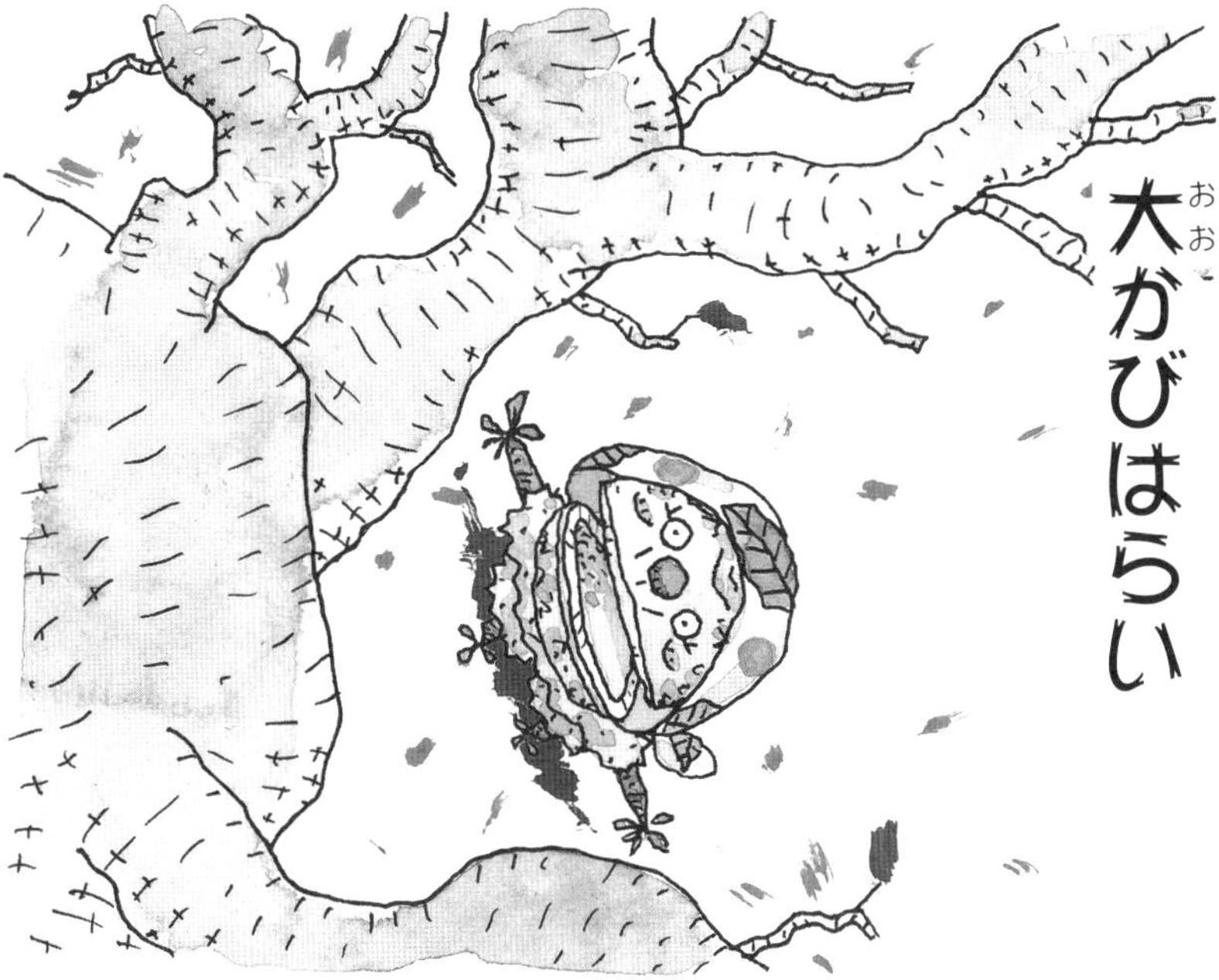

大《おお》かびはらい

クルミの木《き》の下《した》から、大《おお》きな声《こえ》がきこえてきたのは、そのときです。

「そこにいるのは、カズとコータだな？　いいところへきてくれた」

見《み》れば、手《て》ぬぐいをあねさんかぶりにしたクルミおばばが、ふたりを見《み》あげているではありませんか。

「クルミおばば！」

コータとカズは、いっしょにさけびました。

ふたりの声《こえ》がきこえたのか、うろのなかから、クルミっこも飛《と》びだしてきました。やっぱり、手《て》ぬぐいをあねさんかぶりにしています。

「コータ！　カズ！　またきてくれたんだね！」

クルミっこは、うれしそうにピョンピョン飛《と》びはねました。

クルミおばばは、木《き》からおりてきたふたりに、はたきやほうきをとっと

と、おしつけていいました。

「カッカッカッカ！　ほんとに、いいところへきてくれたもんだ。大《おお》かびはらいのさいちゅうなんだ。さあ、手《て》伝《つだ》った！　手《て》伝《つだ》った！」

笑《わら》うたびに、おばばのクルミのからのような顔《かお》が、パカパカとふたつにわれるところは、あいかわらずです。

「大《おお》かびはらい？」

コータは、きいたことがありません。

「うん！　もうすぐ新《あたら》しい年神様《としがみさま》がやってくるからね。一年《いちねん》の間《あいだ》につもったほこりや、はびこったかびをはらって、きれいにするんだよ」

クルミっこが説明《せつめい》してくれました。

「ああ、大《おお》そうじだね」

コータはいいました。コータの家《いえ》でも、年《とし》のくれには、いつもより念入《ねんい》りにおそうじをしますから。

うろのなかに入《はい》ると、いすやテーブルは、すっかり片《かた》すみによせられています。

おばばは、むきだしになった床《ゆか》やかべを見《み》まわしていいました。

「かべや床《ゆか》に黒《くろ》っぽいしみがあるだろ？　それは、クルミの木《き》を食《く》いあらす悪玉《あくだま》のカビなんだ。ほうっておくと、すっかりこの部屋《へや》をのっとられてしまうでな。全部《ぜんぶ》、とっぱらっておくれ」

「うん。わかった！」

「まかせといて、おばば！」

さっそく、コータとカズは、かべのしみ落《お》としに取《と》り組《く》みました。

黒《くろ》いしみに見《み》えたものは、よくよく見《み》ると、
小《ちい》さなキノコみたいな生《い》き物《もの》の集団《しゅうだん》でした。

かべや床《ゆか》にとりついて、ぱくぱく食《た》べているのです。

「こいつめ！　こいつめ！」

「おばばの家《いえ》をのっとるな！」

しつこくしがみついているカビは、木切《きぎ》れでこすり落《お》としたりして、
コータとカズは、きれいにかべや床《ゆか》のしみを取《と》りのぞきました。

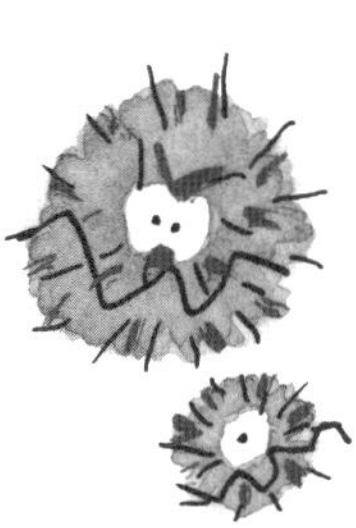

「カッカッカ！　さーすが！　ふたりも助《すけ》っ人《と》がくると仕事《しごと》がはやいわ。じょうできじゃ！」

おばばがかべをぐるりと見《み》まわして、満足《まんぞく》そうにうなずいたので、コータもうれしくなりました。

「それじゃ、こいつらを外《そと》へはきだすからな。さ、クルミっこ、はじめるぞ！」

「あいあい！」

クルミおばばとクルミっこは、ほうきをふりまわして、歌《うた》いながらはきそうじをはじめました。

ショキショキショキ！

シャカシャカシャカ！

シュッシュッシュッ！
すっきり　しゃっきり
きれいにするぞ
心《こころ》をこめて　清《きよ》めるぞ
年神様《としがみさま》よ　来年《らいねん》も
わすれず　ここによっとくれ
クルミ森《もり》に　よっとくれ
ショキショキショキ！
シャカシャカシャカ！
シュッシュッシュッ！

ほうきではきだされたカビキノコたちは、うずをまきながら、うろの外《そと》へ飛《と》んで行《い》きました。

すっかりきれいになった部屋《へや》のあちこちに、クルミおばばは、ぱらぱらとかんろ水《すい》をふりかけました。

コータたちは、また、もとどおり、いすやテーブルをならべました。

「これでよし。さあ、かんろ水《すい》でかんぱいだ！」

おばばの言葉《ことば》に、コータは歓声《かんせい》をあげました。

「わあい！　また、かんろ水《すい》が飲《の》めるんだ！」

クルミっこが、葉《は》っぱでできた小《ちい》さなコップに、みんなの数《かず》だけ、ひょうたんからかんろ水《すい》をそそいでくれました。

「よし！　それじゃあ、新《あたら》しい年《とし》に、年神様《としがみさま》が忘《わす》れずクルミ森《もり》にきてくれることを祈《いの》って！　かんぱい！」

おばばの音頭《おんど》で、みんなは、コップを高《たか》くあげてふれ合《あ》わせました。

ひさしぶりに飲《の》んだかんろ水《すい》は、やっぱり、つめたくてあまくて、スーッとして、のどをとおる瞬間《しゅんかん》、せせらぎの音《おと》がきこえてくるようでした。

「ああ、ぼく、よかったな。また、おばばのかんろ水《すい》が飲《の》めて！」

コータがうれしそうにいうと、クルミっこがにこにこしながら、たずねました。

「コータ、今日《きょう》は、どうやってここへきたの？」

「そうじゃ、そうじゃ！　このおばばもふしぎに思《おも》っていたぞ」

おばばも、コータの顔《かお》をのぞきこみました。

コータが家に帰《かえ》るには！

「ぼく、カズによばれてクルミ森《もり》にきたんだ……」

コータがいいかけると、カズがあとを続《つづ》けていいました。

「そうなの。ぼく、村《むら》の子《こ》どもたちに追《お》いかけられて、この木《き》の上《うえ》にかくれていたんだけど……こわくて……どこか、遠《とお》くへ行《い》ってしまいたいって思《おも》ったんだ。そうしたら、クルミのおふたがふるえだして……コータがこっちへ引《ひ》っぱられてきちゃったんだ……」

「なんだと？」

ふたりの話《はなし》をきいたクルミおばばの顔《かお》から、笑顔《えがお》が消《き》えました。

「クルミのおふだの力《ちから》が働《はたら》いたんだな……」

おばばがつぶやくのをきいたクルミっこは、首《くび》をかしげながらききました。

「どういうこと、おばば？」

「クルミのおふだはな、強《つよ》い願《ねが》いをこめてにぎりしめれば、同《おな》じクルミのおふだを持《も》っているものを、引《ひ》きよせることができるのだ。だが……」

そういって、おばばはうでを組《く》みました。

コータは、おばばの顔《かお》を見《み》ているうちに、なんだか不安《ふあん》になってきました。

「クルミおばば。ぼく、うちに帰《かえ》れるよね」

おそるおそるコータがたずねると、おばばは、ぎょろりと、みんなを見《み》まわしてからいいました。

「もとにもどすことは、できんぞ」

おばばのおでこのしわが、ぐっと深《ふか》くなりました。

「ええっ！」

コータは、カズと顔《かお》を見合《みあ》わせました。

すると、クルミっこが、おばばにとりすがるようにしていいました。

「おばば！　いつかみたいに、風《かぜ》に乗《の》っけておくれ。あたいが送《おく》って行《い》くよ！」

でも、クルミおばばは首《くび》をふります。

「うんにゃ。あの日《ひ》は、ちょうどいい風《かぜ》がふいていたからの。コータをむかえに行《い》けたし、送《おく》っても行《い》けた。今日《きょう》は、そんな風《かぜ》もふいておらんわ。

おまけに、へたをすると、雪《ゆき》がふりだしそうだぞ」

おばばのいうとおりです。

葉《は》を落《お》として、スカスカになった木々《きぎ》の上《うえ》に見《み》える空《そら》には、くらい色《いろ》をしたぶあつい雲《くも》がたれこめていました。

「じゃあ、コータは、家《いえ》に帰《かえ》れないの？」

カズの顔《かお》も引《ひ》きつっています。

「まあ、そのうち、いい風《かぜ》がふくまで、ここにいてもいいぞ。ただ……」

「ただ……？」

コータは、息《いき》を飲《の》んで、おばばの言葉《ことば》を待《ま》ちました。

「人間《にんげん》の食《た》べものはないがの。かんろ水《すい》なら飲《の》めるぞ」

おばばがすましていったので、コータはずっこけそうになりました。

「コ、コータ、ごめん！　ぼくの責任《せきにん》だよ。どうしても帰《かえ》れなかったら、ぼくのところにきて！　村《むら》のお寺《てら》なんだ。ほかにも、ソカイしてきた子《こ》どもたちがいるよ。みんな、家族《かぞく》とはなれてきてるんだ。コータ、ひとりぐらい、まぎれこんだって、どうにかなるよ」

カズは、心《こころ》からすまなそうにいいました。

コータは、ソカイというのがやっぱりよくわかりませんでした。でも、知《し》っています。カズだって、おなかをすかせて、つらい生活《せいかつ》にたえているということを……。

コータは、だまってうつむきました。

コータが帰《かえ》らなかったら、さぞ、おじいちゃんも心配《しんぱい》するでしょう。

コータだって、足《あし》の悪《わる》いおじいちゃんが、ひとりで家《いえ》に帰《かえ》れるかどうか心配《しんぱい》です。

うで組《ぐ》みして考《かんが》えこんでいたクルミおばばが、そのとき、パカッと口《くち》をあけ、また、パカンとしめてからいいました。

「ひょっとしたら、まだ、間《ま》に合《あ》うかもしれんぞ」

「え？　なになに、おばば。なにが間《ま》に合《あ》うの？」

クルミっこが、おばばをゆさぶりますが、

クルミおばばは、かまわず大声《おおごえ》でいいました。

「よし！　やってみようじゃないか。

みんな！　大《おお》いそぎで、

落《お》ち葉《ば》をたくさん集《あつ》めるんだ！

枝《えだ》から落《お》ちたばかりのみずみずしいやつをな」

「なんで？　なんで？　なんで？」

クルミっこがしつこくたずねますが、クルミおばばは、もう、かごを背《せ》おって、かけだしていました。

「ゆっくり説明《せつめい》してるひまはない！　もう、この森《もり》の木《き》は、ほとんど葉《は》っぱが落《お》ちてしまってるんだ！　とにかく、いそげ！　なるべく落《お》ちたばかりの葉《は》っぱを集《あつ》めるんだ！」

クルミおばばにせきたてられて、コータもカズも、うろのなかから、かごを取《と》ってくると、背《せ》おってかけだしました。

落《お》ち葉《ば》ひろい

　いったいおばばは、落《お》ち葉《ば》なんか集《あつ》めてどうしようというのでしょう。
「ぼく、何《なに》がなんだかわかんないよ。葉《は》っぱなんかひろって、どうするんだろう」
　コータがつぶやくと、そばにいたカズがいいました。
「何《なに》か、コータが帰《かえ》れるいい方法《ほうほう》があるんだよ。クルミおばばなら、きっとコータを帰《かえ》してくれるよ。安《あん》心《しん》しろよ」

「うん……」

でも、コータの返事《へんじ》は、元気《げんき》がありません。

そんなコータをじっと見《み》ていたカズは、コータのかたに手《て》をかけていいました。

「もしも万一《まんいち》帰《かえ》れなかったら、ほんとにぼくらのところへおいでよ。さっきのぼくの話《はなし》をきいて、いやなとこだと思《おも》ったかもしれないけどね、コータといっしょなら、おもしろくなりそうだ。この森《もり》のなかだって、まだぜんぶ探検《たんけん》したわけじゃないし」

それをきいて、コータも、元気《げんき》がわいてきました。

「そうだね。カズがいっしょなら、おもしろいよね」

「よし。じゃあ、とにかく、今《いま》は落《お》ち葉《ば》を集《あつ》めよう。たしか、あっちのへータロ沼《ぬま》のほうに、落《お》ち葉《ば》が山《やま》になってるとこがあったぞ。行《い》ってみよう」

「うん!」

コータは元気《げんき》よく返事《へんじ》をして、カズといっしょに、ヘータロ沼《ぬま》のほうへ走《はし》って行《い》きました。


ヘータロ沼《ぬま》のヤナギの木《き》のそばには、もう、クルミっこがきていました。

「あ、コータ! カズ! ほら、ここ、ここ! こんなにたくさん、落《お》ち葉《ば》があるよ」

クルミっこがいうとおり、ヤナギの木《き》の根元《ねもと》には、赤《あか》や黄色《きいろ》に色《いろ》づいた落《お》ち葉《ば》が、こんもりと山《やま》のようにもりあがっています。

「すごい! 落《お》ち葉《ば》の山《やま》だ!」

「ほらね、いったろ？　ここにあるだけで、かごいっぱいになるよ！」

「きれいだねえ。……モミジ……ヤマザクラ……ヤナギ……カエデ……イチョウ……ケヤキ……カキ……ユリノキ……」

クルミっこは、色《いろ》も形《かたち》もさまざまな落《お》ち葉《ば》の名前《なまえ》を、ひとつひとつ、歌《うた》うようにいいながら、かごに入《い》れていきます。

コータとカズも、落《お》ち葉《ば》を両手《りょうて》ですくっては、夢中《むちゅう》でかごに入《い》れていきました。

そのときです。

「ブヘーックショイ！」

とつぜん、落《お》ち葉《ば》の山《やま》のなかから、くしゃみがきこえ、かれ葉《は》が何枚《なんまい》か、ふき飛《と》びました。

「ブルルル！　さぶさぶさぶ！」

かれ葉《は》の下《した》から、きみょうな生《い》き物《もの》が、ぬうっと顔《かお》をだしました。

「ああっ、ヘータロ！」

クルミっこがさけびました。

なんと、ヒキガエルのヘータロです。

「へ？　クルミっこか。なーにしてんだ、おれさまのふとんをひっぺがして！」

「え、これ、ヘータロのおふとんだったの？　どうりで、たくさんあると思《おも》った」

「あったりまえだ。もう少《すこ》しするとな、雪《ゆき》のふとんがかぶさって、かれ葉《は》のなかは、ぬくぬくになるんだ」

ヘータロは、ねぼけまなこであたりを見《み》まわし、コータに気《き》がつくと、とたんにいやな顔《かお》をしました。

「まーた、おまえか。せっかく、おれさまが冬《ふゆ》ごもりのために、森《もり》じゅうかけずりまわって集《あつ》めた葉《は》っぱのふとんをぬすむたぁ、とんでもねえやつだ。へん！　あっち行《い》け、あっちへ！」

「うわ、そうだったの。ごめんよ、ヘータロ」

コータは、あわててあやまりました。

「で、でも、お願《ねが》い、ヘータロ。葉《は》っぱをたくさん集《あつ》めないと、コータがおうちへ帰《かえ》れないの。ちょっとだけでいいから、わけてちょうだい。春《はる》になったら、一番《いちばん》に、目《め》ざめのかんろ水《すい》を持《も》ってきてあげるから！」

クルミっこが、ひっしにたのんでくれます。

かんろ水《すい》ときいたとたん、ヘータロの目《め》は、ばちっとひらきました。

「へ！　じゃあ、ゆるす！　だけど、とくべつ、ひとり五枚《ごまい》までだぞ」

「わあい！　ありがと、ヘータロ！」

こうして、コータたちは、五枚《ごまい》ずつ落《お》ち葉《ば》をわけてもらいました。

「へ！　……あとは……ウルシじじいの……ところにでも、行《い》ってみな……ブルルル！」

そういうと、ヘータロは、ふたたび落《お》ち葉《ば》の山《やま》のなかにもぐりこんでいきました。かと思《おも》うと、すぐに、「へへへへー……へへへへー……」という声《こえ》がきこえてきました。

「うふふ。ヘータロったら、もういびき、かいてる」

クルミっこが、くすくす笑《わら》いながらいいました。

「ヘータロ、ウルシじじいのところに行《い》ってみなっていってたよね」

カズがいうと、クルミっこもうなずきました。

「あいあい。ヘータロはいばってばかりじゃなくて、やさしいところもあるんだよ」

「そう。クルミっこには、やさしいよね」

思《おも》わず、コータがそういうと、

「ハン？　なんだと？」

落《お》ち葉《ば》の下《した》から、また、ヘータロの声《こえ》がきこえました。

「わあ、ごめんなさい！」

コータたちは、あわててかけだしました。

ウルシじじいの木《き》

「ウルシじじいの木《き》は、これだよ」

クルミっこが案内《あんない》してくれたのは、いつか、コータたちがとおったハイキングコースをわたったたむこうがわでした。

あたりの地面《じめん》には、赤《あか》や黄色《きいろ》の落《お》ち葉《ば》がたくさんつもっています。

「ウルシじじい！　落《お》ち葉《ば》をもらいにきたよ」

クルミっこが木《き》の上《うえ》のほうにむかってさけびました。

すると、

「おう！　クルミっこか。落《お》ち葉《ば》なら、いくらでも持《も》っていってていいぞ」

と、声《こえ》がきこえてきました。

コータが見《み》あげても、はじめはどこにいるのか、ぜんぜんわかりませんでした。

よくよく見《み》ると、枝《えだ》の間《あいだ》に、木《き》の枝《えだ》と同《おな》じような色《いろ》をした、やせたはだかんぼうのおじいさんがすわっていたので、コータはびっくりしました。

おじいさんの頭《あたま》の上《うえ》からは、落《お》ち葉《ば》と同《おな》じような赤《あか》い葉《は》っぱが、二《に》、三《さん》枚《まい》生《は》えていますが、じっとしていると、枝《えだ》のようにしか見《み》えません。

「ありがとう、ウルシじじい」

コータがお礼《れい》をいうと、ウルシじじいは、するすると幹《みき》をつたっておりてきました。

それから、コータやカズの顔《かお》をしげしげとながめまわして、いいました。

「うん？　さっきのワルがきとはちがうようだな」

「さっきのワルがきって？」

クルミっこが、きょとんとしてきき返《かえ》すと、ウルシじじいは、顔《かお》をしかめていいました。

「村《むら》のワルがきだよ。三人《さんにん》で、ドカドカとふみこんできたかと思《おも》うと、あいさつもなしに、いきなり、わしの木《き》の下《した》で立《た》ちしょうべんをはじめやがった。むかっぱらがたったから、上《うえ》から、ペッペッとつばをはきかけてやったぞ。今《いま》ごろ、ワルがきども、顔《かお》じゅうかぶれて、大変《たいへん》なことになってるぞ。ざまあみろだ。うわっはっはっは！」

ウルシじじいは、大《おお》きな口《くち》をあけてゆかいそうに笑《わら》っています。

クルミっこもコータも、つられて笑《わら》ってしまったのですが、カズだけは、下《した》をむいてポツリとつぶやきました。

「ぼくを追《お》いかけてきた三人組《さんにんぐみ》だ……」

コータは、はっとしました。

カズは、あとでその三人組《さんにんぐみ》に見《み》つかって、ひどい仕返《しかえ》しをされるかもしれないのです。

「そうだ、カズ」

コータは、ポケットから、さっきの生《なま》キャラメルを取《と》りだしました。

まだ、あと、四個《よんこ》残《のこ》っています。

「この生《なま》キャラメル、あげるよ。ほしがきのかわりに、この生《なま》キャラメルをその子《こ》たちにあげたら？　きっとゆるしてもらえるよ」

コータがそういって、生《なま》キャラメルの箱《はこ》をさしだすと、カズのほおは、ぽうっと赤《あか》くなりました。

「いいの？　ほんとに？　ほんとに？」

「うん。いいよ」

コータは大《おお》きくうなずきました。

ほんとうは、おじいちゃんといっしょに食《た》べるつもりでした。

でも、おじいちゃんなら、きっとコータのしたことをほめてくれるにちがいありません。

「ありがとう」

カズは、泣《な》きだしそうに顔《かお》をゆがめたまま、生《なま》キャラメルを受《う》け取《と》ると、ズボンのポケットに入《い》れました。

そのとき、クルミおばばがころがるようにやってきました。

「みんな、こんなところにいたのか」

「おう！　クルミおばばか。もう、大《おお》かびはらいはすんだのか」

ウルシじじいがききました。

「ああ、すんだとも！　ここにいるふたりが手伝《てつだ》ってくれたんでね。はかどったぞ」

「そうか。それはよかった。それじゃ、茶《ちゃ》のみ話《ばなし》でもしていけ」

「ありがたいが、今《いま》は、それどころじゃないんだよ。雪《ゆき》がくる前《まえ》に、この子《こ》を家《いえ》に帰《かえ》してやらなくちゃならないんでね」

おばばは、コータのほうをあごでしゃくっていいました。

それから、みんなのかごのなかを見《み》ると、あきれたようにいいました。

「なあんだ。おまえたち、まだ、それっぽっちしか集《あつ》めてないのか。あたしゃ、こんなに集《あつ》めてきたぞ」

おばばのかごのなかには、もりあがるほどの落《お》ち葉《ば》が入《はい》っていました。

「うわあ、すごい！」

「さすが、クルミおばばだね」

コータもカズも、おどろきの声《こえ》をあげました。

「さあ、これくらいあれば、いいだろ。早《はや》く帰《かえ》って、次《つぎ》の仕事《しごと》にとりかかるぞ」

おばばは、きたときと同《おな》じようにみんなをせかすと、とっととかけだしました。

「おばば！　おばば！　待《ま》って！　この葉《は》っぱをどうするの？」

おばばを追《お》ってかけだしながら、クルミっこがたずねます。

クルミおばばは、帰《かえ》る道々《みちみち》、やっと説明《せつめい》してくれました。

「ずうっと前《まえ》だがの、クルミ森《もり》に飛《と》んできた小《こ》てんぐのひとりが、つばさをいためて、飛《と》べなくなったことがあるんだよ。そのとき、たくさん葉《は》っぱを集《あつ》めて、しきものを作《つく》ってあげたんじゃ」

「葉《は》っぱでしきものを!?」

コータもカズもクルミっこも、声《こえ》をそろえていいました。

「そうだ。葉《は》っぱのしきものだ。まだみずみずしい落《お》ち葉《ば》を百八枚《ひゃくはちまい》、すき間《ま》なくならべての。葉《は》っぱと葉《は》っぱををうまく組《く》みこんで、一枚《いちまい》のしきものを織《お》りあげたんだ。あたしがおまじないの歌《うた》を歌《うた》ったら、なんと、しきものが、ふわふわとうきあがっての。つばさをいためた小《こ》てんぐは、それに乗《の》って、オオタカ山《やま》まで飛《と》んで帰《かえ》ったわ」

「空飛《そらと》ぶじゅうたんだね！」

コータは、さけびました。

「さ、いそげ！　雪《ゆき》がふりそうだぞ」

クルミおばばは、空《そら》を見《み》あげていいました。

葉《は》っぱのジグソーパズル

おばばがいったとおりです。

コータたちが、クルミおばばの木《き》のうろの家《いえ》に帰《かえ》りついたときには、ちらちらと雪《ゆき》が舞《ま》いはじめていました。

「さあ、早《はや》くかごから落《お》ち葉《ば》をぶちまけろ！　葉《は》っぱをならべろ！　すき間《ま》なくつなぎ合《あ》わせるんだ！」

「あいあい！」

「これって、ジグソーパズルみたいじゃん！」

ジグソーパズルなら、コータはとくいです。

いつかも、ここで、われてしまったてんぐのとっくりのかけらを、ジグソーパズルのように、もとどおりに組《く》み立《た》ててあげたのです。

「よし！　コータが無事《ぶじ》に帰《かえ》れるように、がんばるぞ！」

カズもはりきって、葉《は》っぱのジグソーパズルにとりかかりました。

「おばば、どうして百八枚《ひゃくはちまい》なの？」

クルミっこがたずねると、おばばはいいました。

「それはな、この森《もり》には、草木《くさき》の種類《しゅるい》が百八《ひゃくはち》あるからだ。すべての草木《くさき》の願《ねが》いをこめて、百八枚《ひゃくはちまい》の葉《は》っぱなんだ」

「ここには、そんなにたくさんの草《くさ》や木《き》があるんだ！」

カズがおどろいています。

「百八枚《ひゃくはちまい》ぐらいなら、かんたんだよ」

もっとたくさんのピースのジグソーパズルを仕《し》あげたことがあるコータは、自信満々《じしんまんまん》でした。

でも、いざやってみると、むずかしいということが、すぐにわかりました。

もともとぴったりになるようにできているジグソーパズルと、葉《は》っぱのジグソーパズルとでは、ぜんぜんちがうのです。

ざっとならべていると、とたんに、おばばの声《こえ》が飛《と》んできます。

「だめだ、だめだ！　ありのはいでるすき間《ま》もなく、しきつめるんだ！　やりなおし、やりなおし！」

そこで、まず、コータたちは、大《おお》きなホオノキの葉《は》っぱをありったけならべ、その間《あいだ》に小《ちい》さな葉《は》っぱをつめていくことにしました。

カエデの葉《は》。ヤマザクラの葉《は》。ウルシの葉《は》。ツタの葉《は》。イチョウの葉《は》。クリの葉《は》。クルミの葉《は》。

もっと小さなところは、モミジの葉《は》。ナナカマドの葉《は》。

細長《ほそなが》いところは、ヤナギの葉《は》。

一番《いちばん》むずかしかったのは、形《かたち》や大《おお》きさのちがう葉《は》っぱを、百八枚《ひゃくはちまい》ぴったりにして、すき間《ま》なくならべることでした。

おばばはお天気《てんき》が気《き》になるのか、何度《なんど》もうろの外《そと》へでて、空《そら》もようを見《み》ては、

「いそげ！　いそげ！」

とせかします。

とうとう、おばばはがっかりしたようにもどってきて、首《くび》をふりました。

「だめだ……。雪《ゆき》がはげしくなってきた……」

「ええっ？　もうちょっとなのに！」

「雪《ゆき》がふったら、空《そら》を飛《と》べないの？」

「わからん。ともかく、やってみよう」

コータもカズもクルミっこも、ひっしで、葉《は》っぱのジグソーパズルに取《と》り組《く》みました。

そして、ついに……。

「できたあ！」

「百八枚《ひゃくはちまい》、ぴったり！」

「葉《は》っぱのじゅうたんが完成《かんせい》だ！」

みんなで持《も》ちあげてみましたが、葉《は》っぱのじゅうたんは、しっかりとくっついたままで、一枚《いちまい》もはがれ落《お》ちたりしませんでした。

「やった！」

みんなは、飛《と》びあがってよろこびました。

「まだよろこぶのは早《はや》いぞ。うまく飛《と》べるかどうかわからん。外《そと》を見《み》てみろ」

クルミおばばにいわれて、外《そと》を見《み》たコータたちは、がっくり！

雪《ゆき》はどんどんはげしくなって、たちまち、あたりの木《き》の枝《えだ》や落《お》ち葉《ば》の上《うえ》に積《つ》もっていくではありませんか。

「わーん！　こんな雪《ゆき》のなかを飛《と》んでったら、コータは雪《ゆき》だるまになっちゃうよ！」

クルミっこが、泣《な》き声《ごえ》をあげました。

「雪《ゆき》だるまだってなんだって、飛《と》べればじょうできだ。コータ、そこに乗《の》ってみろ」

おばばにいわれて、コータは、葉《は》っぱのじゅうたんの上《うえ》にすわりました。

「ひえっ、つめたい！」

コータのダウンジャケットにはフードもついていますから、少《すこ》しぐらいの雪《ゆき》ならだいじょうぶでしょう。

でも、空《そら》を飛《と》んで行《い》くのは、きっと、ものすごく寒《さむ》いような気《き》がします。

けれど、これしか方法《ほうほう》がないのなら、がまんして飛《と》んで行《い》くしかありません。

「ようし。ともかく、やってみよう」

おばばは、そういって、おまじないの歌《うた》を歌《うた》いはじめました。

シャバラン　シャバラン　シャワワワン
葉《は》っぱのじゅうたんよ　飛《と》んで行《い》け
クルミおばばのたのみだぞ
コータの家《いえ》まで　飛《と》んで行《い》け
シャバラン　シャバラン　シャワワワン

歌《うた》い終《お》わったおばばは、
「それ！　それ！　それ！　それ！」と、
両手《りょうて》で葉《は》っぱのじゅうたんを
追《お》い立《た》てるようなしぐさをしました。
コータも、いつ飛《と》びあがってもいいように、

両手《りょうて》で、葉《は》っぱのじゅうたんのはじっこを、ぎゅっとつかみました。

ところが……。

じゅうたんは、ピクリともしません。

そうしている間《あいだ》にも、雪《ゆき》はどんどん葉《は》っぱの上《うえ》に積《つ》もっていきます。

クルミおばばは、何度《なんど》も何度《なんど》も、おまじないの歌《うた》を歌《うた》いました。

それでも、やっぱり、コータの乗《の》った葉《は》っぱのじゅうたんは、まったく浮《う》かびあがる気配《けはい》もありませんでした。

「うーむ、だめか。雪《ゆき》が重《おも》すぎるのかもな」

クルミおばばの顔《かお》は、まるで、すっぱいものを食《た》べたときのように、目《め》も口《くち》もしゅっと引《ひ》っこんでいます。

みんな、がっかりしてだまりこみました。

森《もり》のなかには、音《おと》もなく雪《ゆき》がふり続《つづ》き、ただ、そばを流《なが》れる小川《おがわ》の水音《みずおと》だけがきこえていました。

葉《は》っぱのいかだ

ふと、クルミっこがつぶやきました。

「あの小川《おがわ》をくだって行《い》けば、コータの家《いえ》のそばの川《かわ》に行《い》けるのにね……」

それをきいたとたん、クルミおばば は飛《と》びあがっていいました。

「でかしたぞ、クルミっこ！ そうだ！ これは、葉《は》っぱのいかだになるじゃないか！」

「え？ え？ え？」

きょとんとしているコータを葉《は》っ

ぱのじゅうたんから引《ひ》きずりおろすと、おばばは、そのまま、じゅうたんをつかんで、川《かわ》のふちまで持《も》って行《い》きました。

「クルミっこのいうとおり、この川《かわ》は、コータの家《いえ》の近《ちか》くまで流《なが》れている。葉《は》っぱのいかだが、コータを乗《の》せて浮《う》かんでくれたら、しめたものだ！　さ、乗《の》ってみろ、コータ！」

おばばは、葉《は》っぱのいかだをそっと川《かわ》におろすと、はじっこのほうをにぎったまま、いいました。

（だ、だいじょうぶかな……）

川《かわ》に落《お》ちたら、それこそずぶぬれです。

コータは、おっかなびっくり、葉《は》っぱのいかだに片足《かたあし》を乗《の》せました。

そのようすを、みんなは息《いき》をつめて見《み》ています。

コータは、川岸《かわぎし》につかまったまま、おそるおそる両足《りょうあし》を乗《の》せました。
葉《は》っぱのいかだは、ぐらりとゆれましたが、しずみはしませんでした。
おばばが手《て》をはなすと、ゆらゆらと流《なが》れに乗《の》って動《うご》きだしました。
「わあっ！　流《なが》れて行《い》くよ！」
コータはさけびました。
「よっしゃ！　やったぞ、コータ！
今《いま》、おまじないの歌《うた》を歌《うた》うからな。
うまくいけば、あっという間《ま》に帰《かえ》れるぞ」
おばばは歌《うた》いはじめました。

シャバラン　シャバラン　シャワワワン
葉《は》っぱのいかだよ　流《なが》れ行《い》け
クルミおばばのたのみだぞ
コータの家《いえ》の近《ちか》くまで
コータを乗《の》せて　流《なが》れ行《い》け
大急《おおいそ》ぎで　流《なが》れ行《い》け
シャバラン　シャバラン　シャワワワン

歌《うた》い終《お》わるころには、もう、コータを乗《の》せた葉《は》っぱのいかだは、森《もり》の入《い》り口《ぐち》をぬけて、畑《はたけ》のそばまでさしかかっていました。

「コータ！　気《き》をつけてね！　またきてね！」

クルミっこの声《こえ》に続《つづ》いて、カズの声《こえ》もきこえました。

「コータ、ありがとうな！　無事《ぶじ》に帰《かえ》れよー！」

「ありがとー！　みんな！　ありがとう！」

コータも、ありったけの声《こえ》をはりあげました。

でも、もう、みんなからの返事《へんじ》は

かえってきませんでした。

（ぼく、さよならもいえなかった。でも、いいさ。また、きっとみんなに会《あ》いに行《い》くからね）

コータは、心《こころ》のなかでそうつぶやきました。

いつの間《ま》にか、雪《ゆき》がやんでいます。

川《かわ》の両岸《りょうぎし》の景色《けしき》は目《め》まぐるしく変《か》わり、どんどん、大《おお》きな町《まち》に近《ちか》づいて行《い》きました。

クルミおばばが、大急《おおいそ》ぎで流《なが》れて行《い》けと、おまじないの歌《うた》を歌《うた》ってくれたおかげでしょう。川《かわ》は、あっという間《ま》に、おじいちゃんと散歩《さんぽ》していた土手《どて》の近《ちか》くに、コータを運《はこ》んでくれました。見《み》おぼえのある建物《たてもの》が見《み》えてきました。

広《ひろ》いかわらでは、まだ、お兄《にい》さんたちがサッカーの練習《れんしゅう》をしていました。

クルミの木《き》の下《した》のベンチには、おじいちゃんがすわっています。

おじいちゃんは、ときおり、クルミの木《き》を見《み》あげていました。

「おじいちゃーん！」

コータは声《こえ》をかぎりによんでみましたが、おじいちゃんにはまだとどかないようでした。

葉《は》っぱのいかだを岸《きし》に近《ちか》づけようと、コータはひっしに水《みず》をかきました。

そして、とうとう、川岸《かわぎし》に生《は》えているガマのくきにつかまると、コータは、岸《きし》にはいあがって行《い》きました。

コータがおりると、葉《は》っぱのいかだは、まるで、役目《やくめ》を果《は》たしたというように、パラリパラリとはがれていき、ばらばらになって、そのまま川《かわ》を流《なが》れて行《い》きました。

おじいちゃんの話《はなし》

「おじいちゃん！　ただいま！」

コータが川《かわ》の土手《どて》をあがって帰《かえ》ってきたのを見《み》て、おじいちゃんは、目《め》を丸《まる》くしました。

「いやいや、コータはてっきりクルミの木《き》の上《うえ》から帰《かえ》ってくると思《おも》ってたぞ。こりゃ、おどろいた！」

「よかった！　おじいちゃん、もう帰《かえ》っちゃったかと思《おも》った」

コータはおじいちゃんとならんで、クルミの木《き》の下《した》のベンチに腰《こし》かけました。

「コータをおいて、帰《かえ》るわけないじゃないか。でも、思《おも》ったより早《はや》かったな」

そんなに時間《じかん》がたっていないのも、きっと、クルミおばばのおまじないのおかげでしょう。

「おじいちゃん、ごめん！　ぼく、おじいちゃんといっしょに食《た》べようと思《おも》ってた生《なま》キャラメル、カズにあげちゃったんだ……」

すると、おじいちゃんは笑《わら》いながらいいました。

「よかったな、コータ。カズを助《たす》けてあげられたんだ。カズはよろこんだろう？」

「うん。カズはね、おなかがすいてしょうがないから、ほしがきをぬすんで食《た》べちゃったんだって。それで村《むら》の子《こ》どもたちから追《お》っかけられていたんだよ」

それから、コータは気《き》になっていたことをきいてみました。

「おじいちゃん、ソカイって何《なに》？　カズは、ソカイ先《さき》にいるんだよ」

それをきいたおじいちゃんは、あんぐりと口《くち》をひらきました。

しばらく、コータの顔《かお》をまじまじと見《み》つめていましたが、やがていいました。

「そうか……。コータは、おじいちゃんが思《おも》っていたよりも、ずっとずっと遠《とお》くへ行《い》ってたんだな。……ソカイというのはな、もともと住《す》んでいた家《いえ》をはなれて、いなかのほうに移《うつ》り住《す》むことなんだよ」

「どうして、そんなことするの？」

「そりゃ、戦争《せんそう》があったからだよ。おじいちゃんが子《こ》どもだったころ、日《に》本《ほん》はよその国《くに》と戦争《せんそう》をしてたんだ。敵《てき》の飛行機《ひこうき》が飛《と》んできて、ばくだんを落《お》としたりするからな、あぶなくて町《まち》には住《す》めなくなったんだ。だから、家族《かぞく》でいなかにソカイするものもいたし、子《こ》どもたちだけで、ソカイしたりしていたんだ」

「へーえ、飛行機《ひこうき》がばくだん？　なんだか映画《えいが》みたいでかっこいいね。ぼく、ひょっとして帰《かえ》れなくなったら、カズといっしょにソカイ先《さき》に住《す》んでたかもしれない……。でも、それもおもしろかったかもしれないな」

コータが笑《わら》いながらいうと、おじいちゃんは、こわい顔《かお》でいいました。

「何《なに》がかっこいいもんか。ばくだんを落《お》とされて、たくさんの人《ひと》が死《し》んだんだぞ。カズだって、ソカイしていなければ、死《し》んでいたかもしれない。あんな時代《じだい》には、二度《にど》ともどりたくない。コータをソカイになんて行《い》かせたくない！」

　コータは、おじいちゃんがあんまりこわい顔《かお》をしたので、びっくりしていいました。

「ごめん、おじいちゃん……。でも、ぼく、カズは子《こ》どものときのおじいちゃんじゃないかって……思《おも》ってるんだ……」

　そういって、おじいちゃんの顔《かお》を見《み》ると、やっとおじいちゃんはにっこりして、コータのかたをだきよせてくれました。

「そうだな……」

　おじいちゃんは、しばらくの間《あいだ》、遠《とお》くを見《み》るような目《め》つきをしていましたが、やがて、またいいました。

「コータの話《はなし》をきいてたら、おじいちゃんにもそんなふうに思《おも》えてきた。

カズもコータがきてくれて、ほんとにうれしかったと思《おも》うよ」

「ほんと？　だったらよかったな。ね、おじいちゃん、こんどはぜったいいっしょにクルミ森《もり》へ行《い》こうね」

「よし。おじいちゃんもがんばって、歩《ある》けるようになるぞ。さ、帰《かえ》ろうか、コータ」

「うん！」

コータとおじいちゃんは、また、ゆっくりゆっくり、もときた道《みち》を歩《ある》きはじめました。

末吉暁子（すえよし　あきこ）

一九四二年、神奈川県生まれ。『星に帰った少女』（偕成社）で、七七年に第六回日本児童文芸家協会新人賞、七八年に第一一回日本児童文学者協会新人賞受賞。八六年、『ママの黄色い子象』（講談社）で第二四回野間児童文芸賞受賞。九九年、『雨ふり花　さいた』（偕成社）で第四八回小学館児童出版文化賞受賞。そのほか「ざわざわ森のがんこちゃん」シリーズ（講談社）「ぞくぞく村のおばけ」シリーズ（あかね書房）「やまんば妖怪学校」シリーズ（偕成社）など著書多数。
ホームページ http://www5b.biglobe.ne.jp/~akikosue/

多田治良（ただ　はるよし）

一九四四年、東京都生まれ。桑沢デザイン研究所卒業。イラストレーターとして広告の仕事を中心に活躍中。神田神保町の書店「書泉」の栞のイラストをライフワークとしている。絵本に『クロコのおいしいともだち』『みんなでわっはっは』『はるちゃんとプーのおるすばん』（あわたのぶこ作　以上、フレーベル館）、挿絵に「おばけ屋」シリーズ（あわたのぶこ作　小峰書店）などがある。

クルミ森のおはなし③
森の葉っぱのジグソーパズル
二〇一〇年三月　第一刷発行
末吉暁子　作　多田治良　絵
発行　ゴブリン書房
〒一八〇-〇〇〇六
東京都武蔵野市中町三-一〇-一〇-二一八
電話　〇四二二-五〇-〇一五六
ファクス　〇四二二-五〇-〇一六六
http://www.goblin-shobo.co.jp/
編集　津田隆彦
印刷・製本　精興社

2010 Printed in Japan
NDC913 ISBN978-4-902257-17-5 C8393
96p 203×152

オオタカ山
とうげのてっぺん
てんぐ岩
ヘータロ沼
クルミ森の入口
クルミおばばの木